Laat me met rust

D1389911

Piergiorgio Paterlini Laat me met rust

Amsterdam   Antwerpen

Em. Querido's Uitgeverij B.V.

1999

Wil je meer weten?
Querido op internet:
http://www.querido.nl/

Oorspronkelijke titel: *Lasciate in pace Marcello* (Edizioni EL, Triëst, 1997)

Vertaling: Patty Krone en Yond Boeke

ISBN 90 214 7793 9 / NUGI 221, 301

Lieve Raffaele, deze opdracht zul je helaas niet meer lezen. Vergeef me dat ik te laat ben, maar jij... je was ook zo snel weg!

I

Het was echt een foto van mij, en hij vulde het hele scherm van de shitbox – oftewel de televisie – om met Heinlein te spreken, een van mijn favoriete sciencefiction-schrijvers (wel een beetje fascistoïde helaas).

Een foto van afgelopen zomer, aan zee, terwijl ik aan het dollen was met mijn vrienden. Ik vond dat ik er leuk op stond: ik had voor de verandering nu eens niet zo'n apen-grijns op mijn gezicht, mijn blonde haar krulde eindelijk naar behoren en ook het blauw van mijn ogen was, misschien door de weerschijn van de zon, of omdat ik zo vrolijk was, volgens mij net goed.

Ook de rest was geheel volgens de regels: precies bruin genoeg, een ter hoogte van de knie afgeknipte spijkerbroek, een wit T-shirt met het opschrift 'Mary Hugh Anna doet niets (hopelijk verveelt ze zich niet)'.

Marihuana liet mij eerlijk gezegd tamelijk Siberisch, maar de beste vriendin van mijn moeder ging van dat T-shirt volslagen uit haar dak, en dus trok ik het altijd aan als ik wist dat zij langs zou komen.

Haakje openen. Ik ben niet iemand die gek is op ruzies of zogenaamde 'provocaties'. Ik had gewoon de pest aan haar. Specifiek aan haar. Een trut die elke keer dat ze me zag met haar hand door mijn haar woelde en zei *god wat ben je groot geworden*, op de toon en met de blik van iemand die denkt: *neuk me / helemaal / nu meteen / hier*. Ik kon haar wel vermoorden. Haakje sluiten.

Maar goed, het was dus een mooie foto. Ze lieten hem eerst in zijn geheel zien, en daarna zoomde de camera in op mijn gezicht. En daar was ik dan, in *prime time*, op het derde net.

Niet dat het een verrassing was.

Het verhaal had die ochtend al met vette koppen in de kranten gestaan: weer zo'n jongen van zestien, nooit problemen gehad, uit redelijk welgesteld milieu, rustig, nooit enig teken van onevenwichtigheid of onbehagen, voorzover bekend niet aan de drugs, die zomaar verdwijnt. Dat gaat er altijd in als koek. Minderjarigen weten volwassenen op de een of andere manier altijd op de zenuwen te werken, dat is een ding dat zeker is.

Ook in de kranten stond een foto van me, maar die was vreselijk. En in de *Corriere* stond zelfs een overzicht dat – oké – ook op mij indruk had gemaakt.

In 1994 verdwenen er in Italië op een raadselachtige manier – doe maar een gok, noem maar eens een getal: ik wed dat je het nooit raadt – ik zei dus, in één enkel jaar, 1994, had een beschaafd land als het onze kans gezien het fraaie aantal van 2563 minderjarigen 'kwijt te raken'. Ffft! Opgelost in het niets, als zeepbellen uiteengespat. Het jaar daarop hadden ze er daarvan meer dan achttienhonderd teruggevonden, 1866 om precies te zijn. Dat betekende dat er minstens zevenhonderd van die types zoals ik waren die god weet waar uithingen – als je alleen de categorie 'vermisten 1994' telde – waar je, denk ik, die uit de voorgaande jaren en op zijn minst nog tweeduizend uit 1995, 1996 en 1997 bij zou moeten optellen. Zie je het voor je? Een waanzinnig aantal.

Als dat niet genoeg was om duizenden moeders, oma's en tantes met ingehouden adem, pijn in het hart en verbijsterd commentaar leverend aan de buis gekluisterd te houden! Vaders ook trouwens.

Over vaders gesproken: ik had er wat onder durven verwedden dat de mijne – in het geval van de verdwijning van zijn eerstgeborene – eerst het programma *Opsporing verzocht* zou bellen, nog vóórdat hij alle ziekenhuizen afging of voor alle zekerheid maar even contact met de politie opnam.

En ja hoor.

En natuurlijk had mijn zaak voorrang gekregen. Ik zei het je al: je kunt iemand van zestien toch niet vergelijken met een werkloze metselaar of een dementerend oudje dat al maanden zoek is? Denk ook eens even aan de kijkers, de kijkcijfers en meer van dat soort zaken.

Daarom was ik dan ook niet verrast mezelf daar te zien, net zomin als ik verrast was de zogenaamd begripvolle oproep van mijn vader te horen, de echte tranen van mijn moeder te zien, en de verdwaasde blik van mijn zus Anna: elf jaar voor de goede orde, mijn lievelingszusje (ook al omdat ze mijn enige zus is).

Maar Zij was er niet. Ze kon er natuurlijk ook niet zijn. En dat was maar goed ook, want al met al vond ik het, ondanks de vreemde omstandigheden, toch wel fijn om mijn ouders te zien, ontroerde het me zelfs, al werd mijn wroeging er bepaald niet minder om; in elk geval lukte het me om bij mijn besluit te blijven. Maar als ik Haar had gezien, dan weet ik niet hoe het zou zijn afgelopen. Hoe dan ook, ze zouden het toch onmogelijk kunnen begrijpen, dus het was maar beter zo.

Volkomen voorspelbaar dus.

Of zo goed als. Want terwijl ik mezelf op de televisie zag, zat ik in een ijskoude, kale zaal met hoge ramen waarachter je de sneeuw in dikke vlokken zag neerdalen. Het was namelijk februari, twaalfhonderd meter boven zeeniveau, buiten lag er al een meter sneeuw en binnen kon je amper van verwarming spreken. Een belachelijke houtkachel voorkwam nog net dat we doodvroren, wat toch echt iets anders is dan verwarmen.

Ik.

En een stuk of tien monniken.

2

'We zouden eigenlijk de familie in moeten lichten. Of liever, de politie, nee zelfs de Kinderbescherming. Denk eens aan het schandaal! Weten jullie wel dat we volgens de wet zelfs beschuldigd kunnen worden van ontvoering van een minderjarige?'

(De monniken waren nooit erg spraakzaam. Als je ze een uitspraak wilde ontlokken was je net zoveel tijd kwijt als wanneer je in het ziekenhuis een scan moet laten maken... Maar die keer hadden ze zich er helemaal in gestort. Dat zou broeder Antonio me tenminste veel later vertellen. Nu zitten ze daar, in een van hun zeldzame plenaire vergaderingen, heftig te discussiëren. Over mij. Vele kamers, vele dikke muren en vele gangen van mij verwijderd.)

'Ik ben het met broeder Bernardo eens. Het probleem is niet of we al dan niet gastvrijheid moeten verlenen, of we hem al dan niet een schuilplaats moeten bieden. Het probleem is dat we hier te maken hebben met een jonge jongen, geen kind meer, maar toch...'
    'Nee! Doe het alsjeblieft niet! Laten we hem houden... houdt hem hier.'

(De stem was die van een oude man, maar dwingend, krachtig. Maar in dat nee klonk iets van angst door en tegelijkertijd iets smekends.)

'Ja, we weten het, we begrijpen het. We begrijpen waarom u dat zegt. U hebt hier aangeklopt, en wij hebben u verborgen, en beschermen u al heel wat jaren. Maar u was al een oude man toen u bij ons kwam. Dit is een heel ander verhaal. U kon over uzelf beslissen, aanvaardde de volledige verantwoordelijkheid voor wat u deed, en wij hadden niet of nauwelijks het recht om ons ermee te bemoeien; maar nu ligt het precies andersom. Nu hebben we te maken met een min-der-ja-ri-ge.'

'Broeder Luca, de kinderen Gods zijn leeftijdloos. We hebben hier een reiziger die aan onze deur heeft geklopt. En die moet worden opgenomen en gerespecteerd, zoals elke reiziger, en zoals besloten ligt in de eeuwenoude traditie van onze orde, en niet alleen van de onze. Kloosters en abdijen hebben immers toch al eeuwenlang, altijd al, niets anders gedaan dan bescherming en een wijkplaats bieden aan hen die dat nodig hadden, zonder al te veel naspeuringen en graafwerk te verrichten? We hebben rechtschapen mensen beschermd die ten onrechte door de politie of door huurmoordenaars werden achtervolgd, maar ook moordenaars die door justitie werden gezocht. De deuren van de kloosters waren de enige waarachter zij veilig waren. En nu willen we iemand wegsturen, alleen maar omdat hij pas zestien is? Trouwens, wat weten wij eigenlijk van de plannen van de Voorzienigheid, van die verborgen hand die hem hierheen heeft gevoerd? Wie weet is deze vlucht ingegeven door een roeping waar zelfs de persoon in kwestie nog geen weet van heeft. Roepingen zijn zo schaars vandaag de dag. Willen we een dergelijke zegening verloren laten gaan? Gods wegen zijn talloos...'

'...en talloos zijn ook de wegen van het eigenbelang en van de hypocrisie, broeder Matteo. Hoe kun je nu zoiets zeggen? We overleggen of we iemand onderdak zullen bieden en we denken al meteen weer aan ons eigen voordeel. Gastvrijheid verlenen is bij uitstek een onbaatzuchtige daad. De achterliggende gedachte telt meer dan het gebaar zelf. Als we het doen met een bijbedoeling – ook al is die nog zo legitiem of voor de hand liggend – en we alleen maar denken aan ons eigen belang en niet aan het zijne, ons alleen maar afvragen of we er zélf beter van worden, dan slaat het nergens op. Als we het daar niet over eens zijn, dan moeten we erover ophouden. Dan gaat die jongen, goedschiks of kwaadschiks, linea recta terug naar huis. We kunnen hem toch moeilijk hier houden met de bedoeling hem stilletjes aan zó te chanteren met het feit dat wíj tot zijn beschikking staan en híj ons nodig heeft, dat hij de gelofte aflegt. Ja zeker, Gods wegen zijn talloos, maar het zijn wel zíjn wegen. Dus laten we die eerbiedigen!'

(De discussie had nog een flink aantal uren geduurd. Een record, voor de abdij. En ten slotte had broeder Tacisio, de prior, het woord genomen.)

'Jullie weten dat ik het nooit prettig heb gevonden jullie om gehoorzaamheid te vragen, terwijl dat toch een van de geloftes is die we afleggen als we intreden. Ik heb jullie altijd liever willen overtuigen. Maar nu zijn we verdeeld en ik kan me niet onttrekken aan de plicht om te beslissen. Ik heb jullie aangehoord, dat spreekt vanzelf, maar ik moet bekennen dat er zich al vanaf het eerste moment diep in mijn hart spontaan een beslissing aandiende. We zullen de jongen bescherming bieden. Voor wie, welke bedreiging, straf voor een misdrijf of wat dan ook hij op de loop is. We zullen hem helpen. En we zullen hem respecteren. We zullen hem helpen te vluchten voor alles waarvoor hij wil weglopen. Behalve voor zichzelf. We zullen van hem evenveel loyaliteit eisen als we hem bieden, en hem vragen zijn bijdrage te leveren aan onze gemeenschap, maar we zullen hem tot geen enkele keuze dwingen. We zullen hem niet onze Regel opleggen, maar uitsluitend de normale gedragsregels die gelden voor een goed samenleven en die passen bij de plek waar hij nu is. Dat zal de enige voorwaarde zijn. En daar moeten jullie je dan allemaal aan houden. Laat ons heengaan in vrede.'

3

Ik heb het koud. Zo koud dat ik langzaam bijkom uit de diepe bewusteloosheid van de slaap.

Het begint in mijn droom, een soort onbehagen dat steeds sterker wordt. En langzaamaan dringt het tot mijn bewustzijn door en haalt me uit mijn halfslaap, zodat ik opeens klaarwakker ben, alsof ik een geweerschot heb gehoord.

Ik ben wakker, maar waar ben ik? In elk geval ben ik naakt, want ik voel de dekens op mijn huid. Maar dat is niet de reden waarom ik het koud heb. Ik ben in drie of vier dikke, warme dekens gewikkeld. Nee, het is gewoon echt koud.

De kamer is klein, kaal, wit. Er dringt een flauw lichtschijnsel door een raampje achter me. Het bed is hard. Het is geen echt bed, merk ik nu. Het is niet veel meer dan een tegen de muur geschoven plank waarop een oud matras ligt.

Ik heb het koud, maar de kou ruikt lekker. Niet een echte geur: het ruikt alleen maar naar kou. Het doet me, ik weet niet waarom, denken aan een vroege ochtend in de bergen, toen ik klein was, met sneeuw, als je je neus maar even buiten de deur van de berghut stak.

God, wat ben ik slim, zeg! Ik bén in de bergen, en buiten lígt sneeuw...

Even dacht ik dat ik in de gevangenis terecht was gekomen. En toch kon ik me geen autoritten, dronkenschap of iets dergelijks herinneren. In eerste instantie herinnerde ik me helemaal niets. En ik werd door paniek bevangen.

Daarna kwam alles opeens weer bij me boven. En begon mijn hart heel snel te kloppen.

Ik ben in een klooster. Het is krankzinnig, maar ik lig in een kloostercel.

Ik ben hier gisteren tegen zonsondergang aangekomen. Een oude monnik deed open, hij vroeg me wat ik wilde, wat ik daar deed, of ik soms verdwaald was. Maar eigenlijk leek hij me niet echt nieuwsgierig en ook niet al te verbaasd. Toen ik hem vertelde dat ik moe en uitgehongerd was, vroeg hij niet verder, alsof het de normaalste zaak van de wereld was dat ik daar voor hem stond, alsof hij had zitten wachten tot ik, zoals elke avond, thuiskwam.

Hij liet me binnen en zei: 'Zet je fiets daar maar neer,' wijzend op een galerij vlakbij. Ik deed wat hij zei, en vervolgens bracht hij me via een ellenlange donkere gang naar een refter. Voor ik het wist stond er een bord warme soep voor mijn neus. Hij ging een paar minuten weg (ik denk om de anderen in te lichten) en toen hij terugkwam, zei hij dat ik tot de volgende ochtend mocht blijven. Hij bracht me naar deze cel en wenste me goedenacht.

Langzaam wordt het lichter. Nu kan ik het beetje zien dat er te zien valt. Een kruisbeeld aan de muur tegenover het bed, een bidstoel, een wasstel.

Ik sta op, trek mijn kleren weer aan die – hoe ze daar komen weet ik niet – netjes opgevouwen onder op de bidstoel liggen. Ik giet wat ijskoud water uit de lampetkan in de kom en maak mijn ogen, mijn gezicht nat. Ernaast ligt een handdoek. Ik wrijf krachtig over mijn armen, benen en gezicht om een beetje warm te worden.

Ik ga de gang op en hoor monotoon gezang dat van heel ver lijkt te komen. Dat moeten de monniken zijn die bidden. Ik ga op het geluid af, dat me met onderbrekingen bereikt, alsof het signaal af en toe wegvalt, en vind de kapel.

Verlegen ga ik naar binnen. Maar niemand schenkt aandacht aan me.

De monniken staan in een halve cirkel opgesteld.

4

'Ik zou hier wel altijd willen blijven.'

Dat wist ik al vanaf het begin, maar terwijl ik het zeg slaat
me de schrik om het hart en voel ik me tegelijkertijd heer-
lijk rustig worden. Hoe dan ook: ik weet met absolute zekerheid dat dit is wat ik werkelijk wil. En dat ik in nog
geen honderd jaar van gedachten zal veranderen.

'Wil je monnik worden?'
    'Monnik worden? Nee, dat is nooit bij me opgekomen.
Ik ben atheïst! Ik bedoelde "blijven" in de zin van "me
schuilhouden".'
    'Je bent weggelopen...'
    'Ja. Of eigenlijk, nee. Of ja, toch, ik geloof wel dat ik al
mijn sporen heb uitgewist. Maar ik heb niets slechts gedaan. Ik bedoel, ik ben niet weggelopen in de letterlijke betekenis van het woord.'
    'Maar waarom wil je je dan schuilhouden?'
    'Jullie gaan me aangeven, jullie zeggen dat ze me moeten
komen ophalen, hè?'
    'Je hebt geen antwoord gegeven...'
    'Ik weet dat het belachelijk is om jullie zonder tekst of
uitleg te vragen of ik me hier mag schuilhouden, maar ik
heb nu geen zin om het erover te hebben.'

Ik zit in een kamer vol boeken, met in het midden een grote tafel. Ik praat met de prior van de abdij.

'Je brengt ons in een lastig parket, en ik zal het er met de andere monniken over moeten hebben. We zullen zien... Het is niet onze gewoonte iemand koste wat het kost aan het praten te krijgen. Maar jij bent een geval apart, dat begrijp je wel. We mogen dan rechten hebben – zoals je net zelf hebt gezegd – en misschien ook plichten, maar wij redeneren volgens een andere logica. Dus ik vraag je alleen datgene te vertellen wat je uit jezelf kwijt wilt. Je hebt natuurlijk wel iets kolossaals gezegd. "Altijd." Dat is voor iedereen kolossaal, zelfs voor ons die bewust onze geloftes hebben afgelegd, laat staan voor een jongen van jouw leeftijd...'

'Altijd. Ik weet het zeker.'

'Je bent aanmatigend. En dat is een grote zonde... Je bent atheïst en wilt in een klooster leven. En nog wel voor altijd. Je bent heel, heel erg aanmatigend. Maar ook dat is op dit moment niet zo van belang. Hoe heet je?'

'Marcello.'

'Is dat je echte naam?'

'Ja.'

'Ik geloof je. Je ziet er niet uit als een leugenaar. Ja, ik geloof je. We zullen vandaag nog een besluit nemen. Als je blijft, zul je je aan bepaalde regels moeten houden. Ook al zullen we je niet beschouwen als een novice, maar als een gast, een reiziger, een vluchteling.'

'Ja. Oké. Het is niet meer dan normaal dat ik iets terugdoe voor de enorme gunst die jullie me bewijzen... als jullie dat ook echt dóén.'

Ze zeiden dat ik mocht blijven. En nu 'woonde' ik al vijf dagen in het klooster.

Ik had werkelijk al mijn sporen uitgewist. Niemand had me gezien. Niemand zou me ooit nog vinden.

20

5

Die priesters zijn slim. En die monniken ook. Ik had het altijd wel gedacht. Kloosters, abdijen en conventen zijn natuurlijk niet alleen architectonische kunstwerken, maar je kunt er ook donder op zeggen dat ze altijd op de mooiste plekken van de wereld staan.

Deze abdij was immens groot. En zo goed als leeg.

Maar hij stond niet, zoals je misschien dacht, heel klassiek op de hoogste bergtop, maar op een paar kilometer (hemelsbreed slechts enkele honderden meters) van een bergpas die hoog boven de lager gelegen dalen lag. Een onbeschutte, winderige plek, maar onneembaar, juist doordát hij zo dicht bij de pas lag.

Eigenlijk viel dat 'onbeschut' wel mee, want tegenover de ingang zat rechts, op ongeveer twee derde van de hoge ringmuur, een deur die rechtstreeks uitkwam op een dicht bos van kastanjes en varens. Door het bos kon je, zonder de weg te nemen, via een breed pad tot boven op de pas komen, maar mooier was het pad dat naar de top van een kleine berg voerde die 'de Neus' genoemd werd, omdat hij daar vanuit de verte iets van weg had. Erbovenop stond een kapelletje, midden op een open plek zonder bomen. En een paar in grote boomstammen uitgehouwen simpele banken. Een prima plek om te lezen en na te denken. In de zomer, dan.

Links langs de abdij leidde een derde pad naar een klein kerkhof en liep dan verder over een joekel van een berg zonder bomen, maar helemaal vol bloemen (ik heb het nog steeds over de zomer natuurlijk).

De weg die naar de pas liep, en dus ook naar de abdij,

was een paar jaar geleden geasfalteerd. Maar die was een kilometer of tien lang, met achttien haarspeldbochten, en ijzingwekkend steil. Vertel mij wat: ik kende die weg als mijn broekzak en dacht elke keer als ik op mijn fiets de top had bereikt: o god, nu ga ik dood, deze keer geef ik werkelijk de geest.

Het klooster kende ik ook al een tijdje. Maar alleen vanbuiten. Dat zag ik als ik trainde. Het was nooit bij me opgekomen om te stoppen en naar binnen te gaan, en ik had ook nooit gedacht dat ik dat op een dag nog eens zou doen. Maar achteraf bezien zou je kunnen zeggen dat ik het in de gaten hield. Of misschien hield het míj wel in de gaten.

Als je eenmaal binnen was kwam het gebouw natuurlijk heel anders over. Het was ongelooflijk hoe alles veranderde zodra je de drempel over was: de proporties, de indruk van de ruimte, zelfs het berglandschap buiten.

De poort kwam uit op een grote binnenplaats waar verscheidene gebouwen stonden, kleine en grote, en een hoofdgebouw, het enige dat daadwerkelijk gebruikt werd, en dat groot genoeg was om aan ten minste vijftig gezinnen onderdak te bieden. (De monniken waren daarentegen maar met een man of dertig. Twee waren jonge jongens, zo op het oog maar een paar jaar ouder dan ik. De anderen waren tussen de vijftig en de zeventig, en twee waren echt stokoud.)

De gangen boezemden me ontzag in. Ze waren eindeloos lang en stonden haaks op elkaar, waardoor ze een volmaakt vierkant vormden. Die gangen, dat was mijn melancholie, mijn vertwijfeling. Meer dan de grote kamers op de eerste verdieping, aan de rechterkant: de refter, de keuken, de bibliotheek en de kapel. Meer dan de cellen op de tweede verdieping. Meer dan de geheimzinnige vergrendelde kamers op de bovenste verdieping. Meer dan de muren met hun hoge, gebrandschilderde ramen, meer dan de lage raampjes die uitkeken op een kaal binnenplaatsje en op de schitterende, door een zuilengalerij omgeven kloosterhof die een venster op de hemel was...

De bijna altijd duistere of schemerige gangen waren de prijs die de herinnering moest betalen aan de pijn, het enorme verdriet.

Het bos en de sneeuw, vooral de sneeuw, waren het deel van het geluk waar ik, afgaand op diezelfde herinnering, recht op had.

6

Het klooster was vreemd. Tussen de Middeleeuwen en de eenentwintigste eeuw lagen maar een paar seconden. Of een paar meter.

Als ik, nog voor zonsopgang, de klok hoorde luiden, stond ik, nog gehuld in het duister van de nacht en met dikke ogen van de slaap, op om in de kapel naar het gebed van de monniken te gaan luisteren. Ik moest mijn gezicht in mijn cel wassen, met wat water uit de lampetkan met kom (ik had er één keer eerder zo eentje gezien, op zolder bij mijn oma). Ik begreep het niet. Beneden was er een ultramoderne doucheruimte: warm en koud stromend water, en de meest geavanceerde mengkranen. Waarom hadden ze de buizen niet doorgetrokken en ook behoorlijke wastafels in de kamers aangebracht? Tja... Misschien was het te duur, misschien vonden ze het wel best zo.

Ik moet toegeven dat de monniken mij, trouw aan hun belofte, nooit gevraagd hebben in het holst van de nacht op te staan om te gaan bidden. Dat had ik zelf zo besloten. Uit een gevoel van erkentelijkheid, om iets terug te doen in ruil voor hun onvoorwaardelijke en discrete gastvrijheid.

De betekenis van de gebeden snapte ik niet. Ik liet me wiegen door de psalmodiërende stem van de monniken, doezelig door het nog nachtelijke uur en het ongewone tijdstip van ontwaken, door de sfeer in de kapel, met die geur van wierook en gesmolten kaarsvet en dat zwakke, warme licht, die kappen die het gezicht van de monniken bijna geheel bedekten.

Tegelijkertijd was het voor mij echt door en door middeleeuws. Hoe was het mogelijk dat mensen zich vandaag de dag nog zo kleedden? Dat ze van die magische handelingen verrichtten: de kelk opheffen, de kelk laten zakken, in vervoering een rond wit vliesje opeten, de armen uitstrekken en dan de handen weer vouwen, knielen, opstaan en weer knielen? In mijn ogen was het allemaal erg onzinnig en ook, neem me niet kwalijk, belachelijk. Ik voelde me net Indiana Jones in de Temple of Doom.

Na het gebed ontbeet ik met hen, en daarna wijdde ieder zich aan zijn eigen taken.

Een van de jonge monniken werkte voor een religieus tijdschrift, dat niet alleen ging over nonnen en monniken, maar ook ruim aandacht besteedde aan actuele binnen- en buitenlandse kwesties. Daarom reed broeder Carlo elke ochtend in de Panda van het klooster (met een krankzinnige snelheid) naar het dichtstbijzijnde dorp en kwam als een rechtgeaarde journalist terug met een stapel dag- en weekbladen. Voordat hij ging zitten schrijven en bellen, las hij ze aandachtig door. En dus kon ik ze ook lezen. Niet allemaal, niet zo regelmatig als hij, maar toch, ik was nu beter geïnformeerd over wat er in de wereld gebeurde dan toen ik nog in die wereld leefde.

Ze hadden me—alsof ik een scheepsmaatje of een halverwege de reis in het ruim ontdekte verstekeling was—meteen gevraagd of ik de kok, broeder Giordano, wilde helpen, en een deel van het schoonmaakwerk wilde doen. Veel werk was het niet. Ze hadden het over de moestuin gehad, maar daar was het nu het goede seizoen niet voor.

's Middags ging ik eerst een tijdje op bed liggen, en daarna ging ik in het bos wandelen.

De sneeuw lag hoog. Ik trok bergschoenen aan en een trui, en ging op stap.

Ik hield van de sneeuw, soms ging ik er zelfs in liggen rollen, soms liep ik alleen maar de helling op en af, daar waar in de lente weer een paadje tevoorschijn zou komen.

Ik luisterde naar die ongelooflijke stilte en keek om naar de halve meter diepe sporen die mijn voeten hadden achtergelaten.

De sneeuw was mijn adem, het bloed dat weer in mijn aderen klopte, mijn hart dat langzaamaan de inspanning vergat en gaandeweg een rustiger ritme hervond.

De sneeuw bood me een mogelijkheid aan Haar te denken zonder dat ik het gevoel had dood te gaan.

Als ik helemaal bekaf thuiskwam, ging ik meteen naar de grote keuken waar op dat uur niemand was. Ik hoorde het zingen van de monniken in de kapel, als was het oneindig ver weg. Ik zette thee, of maakte melk warm, en dan was het alweer tijd om een handje te helpen bij het avondeten.

Avond aan avond spatte de zonsondergang in onbeschrijflijke, steeds wisselende kleuren uiteen tegen de ramen.

Het leek meer op een film van Spielberg dan op een klooster.

7

Weliswaar vroeg niemand me iets – en daar was ik erg dankbaar voor – maar iets tegen me zeggen deden ze evenmin.

Ik zat er al een maand, toen ik – en je kunt je onmogelijk voorstellen hoe verbaasd ik was – bij toeval ontdekte dat er in een kamer op de eerste verdieping een computer stond. En wát voor een computer! Precies zo een als waarvan ik altijd al had gedroomd.

Om te beginnen was er een aparte ruimte voor ingericht. Het is waar dat er in de abdij plaats zat was, maar voor mij was dat detail essentieel.

Dan de werkhoek: een grote kleurenmonitor, twee hoge kasten en rechts en links aan de tafel twee zijbladen: een bureau in hoefijzervorm dus eigenlijk, met de bureaustoel in het midden.

Verder stond er een minitower met een microprocessor, een pentium natuurlijk, van 160 mHz met een geheugen van twee gigabyte. Dan had je nog de kleurenlaserprinter, de geluidskaart met externe stereoluidsprekers, een schitterende platte scanner voor foto's en teksten, ook voor kleur, en een 33.6 bps-faxmodem. En alsof dat niet genoeg was, zat er ook nog een infrarood-muis bij, en een cameraatje voor videoconferenties. De cd-romspeler was 16-speed. Helemaal te gek (ik had uit de losse pols berekend dat het geheel tussen de tien- en de vijftienduizend piek gekost moest hebben).

Broeder Mattia, de andere novice, zat wat te tikken. Ik was meteen naar hem toe gelopen – nadat ik eerst beleefd gevraagd had of ik binnen mocht komen – en had gezien dat hij rustig zat te surfen op Internet. Internet! Dus dat hadden ze ook!

Op dat moment stond er van alles op het scherm over het klooster van 'Christus in de Woestijn', dat in Abiquiu in New Mexico lag. Het betrof informatie over bezoekers, over de restauratiewerkzaamheden die onlangs afgerond waren (ze hadden het dak van de refter vervangen: so what, zou ik onder andere omstandigheden hebben gezegd, maar in dit geval was mijn opwinding dusdanig dat ik elke informatie buitengewoon interessant vond). Je zag zelfs een virtueel winkeltje met een heuse catalogus en de mogelijkheid rozenkransen, wierook of boeken aan te schaffen. Ten slotte volgden de zogeheten 'familieberichten': pater Marcelo was teruggekeerd uit Argentinië; op dezelfde dag waren pater Luie en pater Christian naar Mexico vertrokken; pater Mario had een tijdelijke gelofte afgelegd voor een periode van drie jaar en prior Philip was net terug van de bijeenkomst van alle benedictijnse kloosteroversten van Amerika. (God, die broeders reisden wat af!)

Toen heb ik het gevraagd. Gevraagd en gezeurd totdat het me lukte lang – en in het klooster betekende lang een kwartier aan een stuk – te praten met de pater-overste, oftewel de prior. Ja. Het klooster had een Internetaansluiting en dat apparaat werd ontzettend veel gebruikt. Voor bibliografisch onderzoek. Voor het laatste nieuws. Voor e-mail. Voor het contact met allerlei andere kloosters, met name in de rest van Europa en in de Verenigde Staten.

Ik vroeg of ik ook op de computer mocht werken om mezelf zo nuttig te maken. En de prior zei meteen ja. In alle bescheidenheid: ik wist er meer van af dan Mattia, veel meer. Met hem kon ik wel aardig opschieten, maar vriendschap kon je het niet noemen. Mijn twee leeftijdsgenoten waren degenen met wie ik het minste op had. Ik had het gevoel dat ze veel verder van me af stonden dan de oude monniken, met wie ik trouwens ook bijna nooit een woord wisselde.

Al snel had ik mijn draai gevonden, was het mijn nieuwe beroep geworden, mijn manier om bij te dragen aan het leven binnen de communiteit.

Nog groter was mijn verbazing toen ik besefte dat niemand me in de gaten hield of er iets van zei als ik, na het werk, voor mijn eigen plezier inlogde, maar er natuurlijk wél voor oppaste dat ik bepaalde *sites* meed, en vooral zorgde dat ik niet gesnapt werd.

Ongelooflijk genoeg zanikten de monniken ook niet aan mijn hoofd over hoe laat ik naar bed moest. En dus kon ik vooral 's avonds in alle rust over het Net surfen. Ik vroeg me wel eens bezwaard af of ik wel zo met het geld van de monniken mocht smijten, al was het me nog niet helemaal duidelijk of ze nu rijk waren, of stinkend rijk, of dat geld hun gewoon geen ene moer kon schelen.

In het begin zat ik door die hele kwestie ook nog met een probleem. Een groot probleem, mag ik wel zeggen. Als je van alles en iedereen bent weggelopen en je krijgt plotseling een dergelijk apparaat voor je neus, dan wordt de verleiding om contact te zoeken met – wat zal ik zeggen, je oude vrienden, bijna te groot. Al was het alleen maar om hier en daar een levensteken achter te laten. Maar het was te gevaarlijk. Letterlijk, én voor mijn geestelijke gezondheid. Toen ik mijn besluit nam, wist ik heel goed wat ik wilde en wat ik deed, en hoe meer tijd er verstreek, des te meer raakte ik ervan overtuigd dat ik de juiste keuze had gemaakt.

Ik had mezelf al snel weer in het gareel.

8

Mijn besluit staat vast. Vandaag vraag ik het hem op de man af. Het zit me echt tot híér. Een monnik die de zeventig ruim is gepasseerd zit voortdurend naar me te staren. Het lijkt wel of hij zijn ogen niet van me af kan houden.

Ik moet zeggen dat ik meer last heb van zijn aarzelende houding dan van het gevoel dat ik voortdurend achtervolgd word zonder er ook maar iets tegen te kunnen doen. Dus heb ik besloten het hem vandaag op de man af te vragen. Om ervan af te zijn.

Al moet ik toegeven dat hij niet onsympathiek is. Eigenlijk heeft hij zelfs wel een aardig gezicht. Hij is een van de weinigen die ik nog niet bij zijn naam heb horen noemen. Eigenaardig. En er zijn nog veel meer dingen vreemd aan deze monnik.

'Bent u... zó?'

'...'

'Ja, waarom trekt u nu zo'n gezicht? Denkt u nou echt dat het de eerste keer is dat het me overkomt? Dat ik er, ook al ben ik pas zestien, nog nooit een gezien heb? U zit hier nu wel binnen, maar weet u wel dat het tegenwoordig overal barst van de flikkers? In films, op de televisie, en op straat, echt overal? Als iemand er na zijn achtste pas over begint, is hij niet goed bij zijn hoofd. Waarom lacht u nu? Wat valt er te lachen?'

'Ik vind het vervelend, en ergens ook wel grappig, dat je dat van me denkt. Je hebt het mis, maar het is begrijpelijk, logisch dat je dat dacht. Ik lach omdat ik verbaasd ben. Verbaasd over mijn naïviteit...'

'Maar waarom zit u me dan altijd aan te gapen, loopt u

me aldoor achterna? Heeft de prior u soms opgedragen me in de gaten te houden? Dan ben ik nog pissiger.'

'Nee, dat is het ook niet. De monniken zijn echt prima mensen. En loyaal.'

'Wat is het dan?'

'Ja, ik heb je scherp in de gaten gehouden en ik heb veel aan je gedacht. Maar dat was omdat... omdat ik ook ben weggelopen. Ook al is "weggelopen" een woord waar ik niet veel mee op heb, het riekt naar lafheid. Laten we zeggen dat ik ervoor gekozen heb om plotseling, zonder enige opgaaf van redenen, te verdwijnen. En ervoor gezorgd heb dat ik nooit meer gevonden werd. Alleen was ik veel ouder dan jij. En dan te bedenken dat het al meer dan tien jaar geleden is. Echt, toen ik met de noorderzon vertrok, dacht ik, ook al was dat niet de reden, dat ik niet zo lang meer te leven had...'

'Dus u bent geen monnik?'

Ik was stomverbaasd. Op zo'n onthulling had ik niet gerekend.

'Nee zeg, een monnik, stel je voor. Ik heb ervoor gekozen een habijt te dragen, maar ik heb geen geloftes afgelegd of zo. Ik ben niet eens gelovig.'

'Ik ook niet...'

'O trouwens, je weet het waarschijnlijk al, maar ik heet Federico.'

'Nee, dat wist ik niet, dat hoor ik nu pas.'

'Ik zei het toch. De monniken zijn erg gewetensvol. Oplettend. Loyaal. Federico, zo heet ik echt. Waarom zou ik dat veranderen? Ik liep hier niet langer gevaar. En bovendien was ik eraan gehecht. Zomaar ineens alles veranderen, zonder tekst of uitleg, zonder bericht achter te laten – de prijs betalen voor de enorme wreedheid van je keuze ten aanzien van degenen die van ons houden en van wie wij houden, en dus ook ten aanzien van onszelf – *soit*. De we-

34

reld achter je laten, *soit*, maar jezelf, dat nooit. Onze naam, dat zijn wij, en wij zijn onze naam, en dat wordt sterker naarmate we ouder worden. Daarom nemen nonnen en monniken een andere naam aan: de extreme vorm van afstand doen. Maar neem me niet kwalijk, we kennen elkaar eigenlijk nog maar net en ik sta alweer te oreren. Je kunt wel zien dat ik mijn hele leven docent bent geweest, en de laatste jaren van totale afzondering hebben me niet van die tic af kunnen helpen, al helemaal niet met een jonge jongen zoals jij. Je had een van mijn leerlingen kunnen zijn. Sorry.'

'Aangenaam, ik ben Marcello.'

'O, maar jouw naam ken ik al een hele tijd. Ook al weet ik eigenlijk niet of je wel echt zo heet.'

'Ja hoor. Ik heb ook besloten om mijn eigen naam te houden. Uit loyaliteit tegenover mezelf. En u, waarom bent u...'

'Laten we elkaar alsjeblieft tutoyeren. We zijn nu vrienden. Dat hoop ik tenminste.'

'Oké. Dus eh...'

'Federico. Gewoon Federico. Op een plek als deze... Begin gewoon opnieuw, alsjeblieft, je zou me er een plezier mee doen. Vergeet het leeftijdsverschil. We zijn toch immers twee "politieke vluchtelingen"?'

'Oké, ook goed. Federico, zoals je wilt. Maar waarom ben je gevlucht?'

'Waarom ben je gevlucht, zeg je. Tja... Dat heb ik nog nooit aan iemand verteld, zelfs hier niet. Niet uit wantrouwen hoor, echt niet. Ik heb mezelf gezworen dat ik dat geheim mee mijn graf in zou nemen. Ook al is het op het oog zo banaal dat het je zou verbazen. Dit is het enige onderwerp waar we het niet over zullen hebben.'

'Maar ik wil jou wél vertellen waarom ik hiernaartoe ben gekomen. Wie was je eigenlijk, vroeger?'

'Ik was een beroemd hoogleraar economie. Een van de beste en meest vooraanstaande, zeiden ze, en ik geloof ook wel dat dat zo was. Ik gaf les aan de universiteit, in Rome, en daar woonde ik ook. Op een ochtend ben ik net als anders, keurig in het pak met mijn tas onder mijn arm, de deur uit gegaan. Net als altijd te voet... en niemand heeft me ooit weer teruggezien.'

'Maar als u... als je zo beroemd was dan zullen ze je wel op alle mogelijke manieren hebben gezocht. Je moet het wel erg slim hebben aangepakt dat je helemaal hiernaartoe bent gereisd zonder dat iemand je heeft herkend...'

'Mijn vrienden zaten vooral bij een klein, links dagblad; ik zag laatst op een ochtend dat je het zat te lezen. Ja, ze zijn met allerlei hypotheses gekomen, hebben ook zelf nog wat naspeuringen verricht, maar hier konden ze me niet vinden. Toch zijn ze me niet vergeten en hebben ze nooit in mijn dood geloofd. Ik denk dat ze zich nooit bij het mysterie hebben neergelegd, bij dat complete gebrek aan verklaringen. Elke verjaardag van mijn "verdwijning" wijden ze een artikel aan me. Na een aantal jaren hebben ze, toen het tot ze doordrong dat ze me, levend dan wel dood, nooit meer zouden terugzien, een studiebeurs ingesteld die mijn naam draagt.'

'Wie weet wat ze ervan zouden vinden als ze wisten dat je ze nog steeds las!'

'Ik geloof dat dat echt niet bij ze opkomt. Denk niet dat ik dat leuk vind. Je weet heel goed dat dit geen spelletje is. Ik vind het nog steeds heel treurig allemaal. Maar ik heb meer dan goede redenen voor wat ik heb gedaan. Ondanks dat is de verleiding om op een of andere manier een teken van leven te geven soms bijna te groot, ondraaglijk. Maar dan blijken de drijfveren achter de keus die ik ooit gemaakt heb toch weer sterker. Nogmaals, sorry dat ik er niet met je over kan praten. Jij bent de enige op de wereld tegenover wie ik heel even het idee had dat ik een uitzondering moest maken. Maar ook dat was alleen maar omdat het zo verleidelijk was. De zwakheid van een oude man, die ik meteen weer heb kunnen onderdrukken.'

'Ik ben ervandoor gegaan om een vrouw. Een vrouw, niet een meisje. Ze was... is!... een volwassen vrouw.'

Mijn stem klinkt alsof hij uit een luidspreker komt, of liever, uit een radio, met zo'n rondzingende galm die je hoort als hij niet goed is afgestemd. Niet alleen omdat ik het een schokkende gedachte vind dat ik voor de eerste keer over die geweldige gebeurtenis vertel, maar ook omdat het me vervult met een onbedwingbaar gevoel van trots. Ik ben weggelopen om een vrouw. Ik ben een man. Ik ben weggelopen om mijn vrouw. Ook ik ben volwassen, en heb iets geweldigs gedaan. Ik voel in dat 'afstand doen' al mijn mannelijkheid exploderen. Ja, ik heb zin om mijn nieuwe vriend het hele verhaal te vertellen. Vanaf het begin. En dat doe ik ook. In één adem, zonder onderbreking, ook al denk ik: hij gelooft me nooit, hij zal denken dat ik een fantast ben, en aanmatigend, zoals de prior had gezegd. En natuurlijk ook dat het een vergissing is geweest, dat ik op mijn zestiende niet het besluit kan nemen om voor de rest van mijn leven verder overal van af te zien, nooit meer een vriendinnetje te hebben, geen seks meer te hebben. Dat soort dingen. Waar. Helemaal waar. Maar dat gaat niet op voor mij. Hij luistert naar me, en als ik klaar ben met mijn verhaal zegt hij niets van dat al. Om precies te zijn, hij zegt helemáál niets. Hij omhelst me. En dat is alles. Misschien te veel voor één dag.

9

Ik zag niets in meisjes van mijn leeftijd. Maar van Haar, van Haar heb ik waanzinnig veel gehouden. Alleen al als ik haar zag kreeg ik knikkende knieën en voelde ik mijn maag samentrekken... (Nou ja, je weet wel: wie het gevoel kent, heeft geen beschrijving nodig, en wie het niet kent, zal het nooit begrijpen, en dus is het nutteloos mijn energie eraan te verspillen.) Pure vreugde. Gelukzaligheid. Paradijs. Zin om het uit te schreeuwen. Of te sterven. Te leven. LEVEN. Ongeloof dat je zoiets zou kunnen voelen, zoiets... zoiets... onbeschrijfelijks. Dat er op de wereld zo'n gevoel bestond. Lieflijkheid, zeeën van lieflijkheid.

Ze was de moeder van een klasgenoot van me, een vriend zelfs. Ik ging altijd bij hem thuis huiswerk maken. Maar vanaf de eerste keer dat ik haar zag – ze was een Engelse, was met een Italiaan getrouwd en ze woonden pas kort in de stad – kon ik alleen nog maar aan Haar denken. Dag en nacht, zoals dat heet. Nee. Zoals dat werkelijk gaat: als je dat gevoel kent, weet je dat ik niet zomaar wat zeg.

Ook Zij keek naar me op een manier die geen ruimte voor twijfel liet, ook al probeerde ze het te verbergen. En op een middag – banaal hè? Kan het paradijs wel banaal zijn? – op een zaterdagmiddag, toen mijn vriend er niet was, ben ik naar zijn huis gegaan. Zij deed open en ik... nou ja, ik pakte haar hand. Ik had me aan haar voeten kunnen werpen en in tranen kunnen uitbarsten. Of iets tegen haar kunnen zeggen. Of... Ik had allerlei dingen kunnen doen. Maar ik pakte haar hand, en van dat contact alleen al ging ik bijna van mijn stokje. Zij, Zij was geweldig. Als je denkt aan haar leeftijd, haar zoon, haar man, mijn kleine maar onverwachte gebaar. Ze bloosde hevig, maar niet van gêne. Ze had zich... hoe zal ik het zeggen?... al overgegeven. Ik zei bij mezelf: niet flauwvallen, Marcello, nu niet flauwvallen, ben je helemaal gek, nu niet, nu alles zo gaat als je nooit had durven hopen. Makkelijker gezegd dan gedaan. Je had erbij moeten zijn...

Gelukkig was Zij fantastisch. Ook Zij had allerlei dingen kunnen doen. Allerlei verschillende dingen. Maar ze keek me in de ogen en pakte mijn andere hand. Toen – dit zul je niet geloven, je zult me niet geloven, Federico; ik zou het ook niet geloven als ik er niet zelf bij was geweest – toen nam ze me in haar armen, zoals je doet met een klein kind (ik ben tamelijk klein voor mijn zestien jaren), maar op zo'n manier dat ik me niet klein voelde, integendeel, ze maakte dat ik me klein en reuzegroot voelde, tegelijkertijd kind en man, ongelooflijk, en legde me, alsof ik het breekbaarste en kostbaarste was wat er bestond, op de bank in de zitkamer. Tijdens die paar stappen – ik was natuurlijk nog helemaal aangekleed – kuste ze me op mijn pik. Haar lippen beroerden amper mijn spijkerbroek. Ik kwam op slag klaar, met een gevoel alsof ik doodging. En ik was ook zo gelukkig dat ik wel dood wílde. Op de bank ging ze door met me te kussen en zacht te strelen, mijn haar, mijn ogen. Toen trok ze me overeind en drukte me tegen zich aan.

Later – een hele tijd later; als ik op mijn herinnering afga zou ik zeggen een paar eeuwen, maar misschien zal er een halfuur verstreken zijn – hebben we het echt gedaan, maar voor mij was het daarvoor ook al echt! Ik was zo immens, intens gelukkig, dronken, verdoofd, dat ik absoluut de kans niet kreeg voor het soort paranoïde gedachten dat ik 'het mannetje' moest laten zien dat ik het zo lang kon rekken als ik wilde. Later heb ik daar wel over nagedacht, natuurlijk. Op dat moment waren er geen gedachten, alleen explosies, explosie op explosie, in mijn hoofd, in mijn hart, in mijn pik, kernexplosies.

Ze zei ook tegen me: 'Ik hield van je vanaf het eerste moment dat ik je zag.'

Ik keek haar aan alsof ik het niet begreep. En het is niet uitgesloten dat ik het niet begreep, dat ik niet in staat was ook maar iets te begrijpen. Maar voelen, dat was andere koek; als ik gewild had, had ik mijn oor tegen de vloer kunnen drukken en een trein voorbij horen komen in Johannesburg.

Ze keek naar me en zei ook nog: 'Man, man, dommerdje (ze zei 'man', ik zweer het!), denk je nou dat ik, alleen omdat ik ouder ben dan jij, niet verliefd zou kunnen zijn?'

Buiten begon een sensationele zonsondergang. Ik ben naar huis gevlogen, echt op een holletje, en ben met een of andere smoes in bed gekropen. Niet dat ik die nodig had. Ik had hoge koorts. Maar de volgende ochtend was ik weer volledig op krachten gekomen, sterker nog, ik voelde me energieker dan ooit. Ik wachtte tot het negen uur was en draaide het nummer. Rond die klok was Zij, ook 's zondags, bijna altijd thuis, en alleen. En inderdaad nam Zij op.

Ik zei met ingehouden adem tegen haar: 'Je bent mijn droom, duizend keer meer dan mijn droom. Ik zal nooit van een andere vrouw houden. Mijn hele leven niet. Ik zal nooit gelukkig zijn zonder jou.'

Het soort dingen dat je zegt, kortom. Met één verschil. Dat ze voor mij waar waren. En altijd zouden zijn.

En weet je, Federico, wat Zij tegen mij zei?

'Ik ben nog nooit zo gelukkig geweest.'

En we hebben weer opgehangen. Op hetzelfde moment.

We wisten alle twee dat het tussen ons niets zou worden. Niets dat ook maar enigszins in verhouding stond tot een dergelijke liefde, bedoel ik. Maar ook dat ons een wonder was overkomen. Dat we ALLES hadden gehad en dat niemand ons dat alles meer zou kunnen afnemen. Het was gebeurd en niemand, zelfs God niet, kon het ooit nog ongedaan maken. Ongelooflijk hè? We waren, ik was voor altijd behoed voor een leven waarin dit niet zou gebeuren. Maar ik – en wie weet Zij ook, maar misschien waren we hierin verschillend, en bovendien had Zij meer verantwoordelijkheden – kon niet verder leven. Ik wist het meteen, was er volkomen zeker van. Maar ik was niet wanhopig of ongelukkig. Ik had alles gehad. En meer dan 'alles' bestaat er niet.

10

Meteen daarna ben ik op de racefiets gestapt. Als het geen wedstrijdseizoen was, ging ik 's zondags altijd trainen. Soms alleen, soms met de ploeg. Ik was goed. Ik had misschien wel binnen twee, drie jaar prof kunnen worden.

Dat had ik wel gewild. Mijn idool was Virenque, een Franse wielrenner die geboren was in Casablanca (dat alleen al...). Virenque had het jaar daarvoor alleen de Ronde van Piemonte gewonnen, maar hij was een god. En niet alleen op de fiets. Hij fietste geweldig, won, verloor, eindigde als tweede of derde, maar was in elk geval de enige die in interviews nooit banaal overkwam. En daarom was hij mijn idool. Ik bedoel, heb je ze ooit, al was het maar toevallig, op de tv horen praten, die wielrenners? Een soort kruising tussen een holenmens en een quizmaster (trouwens, zoveel verschil zit daar ook niet tussen): keelklanken, onbenulligheid, platte praat en enormiteiten. En die goede oude Richard Virenque? Die Richard zei altijd zonder enige poespas de geweldigste dingen. Heel natuurlijk. Als een doodnormaal mens. Geweldig. Stak met kop en schouders boven de anderen uit. En dan stond hij soms ook nog zomaar een vette premie die hij gewonnen had af aan – ik noem maar wat – het aidsfonds. Kortom, een echte kerel, niet twee voeten op pedalen en een kont op een zadel. Ook al fietste hij, zoals ik al zei, als een god.

Ik zou niet alleen nooit meer worden zoals hij, ik zou gewoon helemaal niks worden. En ik zou nooit meer iemand zien of horen. Jezus!

Ik ging de deur uit alsof ik ging trainen, en nam de steilste weg naar boven, die naar het kasteel.

Om me van kant te maken.

Ik was van plan het echt te doen: geen halve maatregelen. Ik wist ook hoe. En waar en wanneer. Weer een zestienjarige die god weet waarom zelfmoord pleegt. Ik las er vaak over in de krant. Niet dat de kranten en de televisie me een moer interesseerden. Maar ik las het wel eens.

Wat me ervan weerhield was geloof ik de gedachte dat Zij, en mijn vrienden, mijn ouders, mijn zusje, de mening van de deskundige-inzake-zelfmoord-bij-jongeren door de strot geduwd zouden krijgen (ook ik heb momenten van wreedheid gekend in mijn leven, maar dit wilde ik ze toch besparen): altijd weer hetzelfde verhaal, in alle kranten, inclusief de sportbladen. Op alle tv-kanalen, inclusief de kanalen waarop vierentwintig uur per dag vloerkleden aan de man worden gebracht.

En mijn vrienden? Ik hoorde ze al zeggen *geen idee waarom hij het gedaan heeft*. Jezelf zo te kijk zetten, zeggen wat die lui willen horen, alleen maar om twintig seconden op tv te komen. Stommelingen, ongelooflijke oenen, in plaats van de waarheid te vertellen, want ik ken ze goed en weet dat het zo is: *ik heb er ook wel eens serieus over gedacht om het te doen*. Niemand die zou zeggen dat je op je zestiende volwassen kunt zijn. Dat je volwassen verdriet hebt, of nog erger. Volwassen keuzes.

Zestien jaar, het hele leven voor je, zeggen ze. Idioten. Een heel kloteleven, zullen ze bedoelen. Mij niet gezien.

Los daarvan: de ware reden was dat ik in een paar uur had begrepen – in de zin dat ik het eindelijk aan mezelf had toegegeven – wat ik altijd al geweten had, namelijk dat ik, anders dan de meeste jongens, en meisjes, en mensen in het algemeen, nooit meer, in geen honderd jaar, van een andere vrouw zou kunnen houden. Een ander dan Zij.

Ik was een van die zeer zeldzame gevallen van... hoe zal ik het zeggen... absolute monogamie. Jezus, dat klinkt als een nare ziekte. Maar zo ben ik er tenminste zeker van dat je niet aan trouw denkt. Ik wil dat je goed in je oren knoopt dat ik het niet over trouw heb. Die had er niets mee te maken, in mijn geval, die zogenaamde trouw. In jouw ogen is iemand trouw als hij één vrouw tegelijk heeft: een contradictie, een gemakkelijke rechtvaardiging voor de verhulde polygamie die iedereen praktiseert. Nee, ik was een ander, heel wat hopelozer geval. Ik was – zonder ervoor gekozen te hebben – trouw aan Haar. Ik was er voor één enkele vrouw, voor Haar. Voor de rest van mijn leven. Als ik Haar niet kon hebben, zou ik gedwongen zijn voor altijd – niet uit vrije wil, maar zo zat ik nu eenmaal in elkaar – als een monnik te leven. Want Zij was – is – de enige vrouw met wie ik dat zou kunnen doen wat een man met een vrouw doet. Mooie zin, hè? Hij is niet van mij. Hij is van Heinrich Böll, mijn op één na meest favoriete schrijver, of misschien mijn meest favoriete, de ranglijst ligt nog niet vast.

Ik was de lul, in elk geval. Volledig. Maar met de mazzel, de waanzinnige mazzel dat ik Haar bezeten had, niet gedroomd. Niet dat ik Haar was tegengekomen, wat op zichzelf al heel wat was, maar dat ik door Haar bemind was.

Het enige wat me restte, was me van een steile helling storten. Maar ik kon me er in elk geval gelúkkig van afstorten.

Kom ik door?

Dat was namelijk precies wat ik bedacht had.

Ik zou in volle vaart in een van de haarspeldbochten bij het kasteel van de weg raken en met fiets en al te pletter slaan.

Haakje openen. Ik hield erg van die weg. Vier kilometer

met een stijgingspercentage van twaalf procent, een killer om te beklimmen, je moet het gedaan hebben om erover mee te kunnen praten. Maar op de top stond dat oude fort dat ooit door een mythische bandiet bewoond was geweest. En binnen de muren van die ruïne, goed verborgen om geen afbreuk te doen aan de bekoring van het oorspronkelijke bouwwerk, was een of andere slimmerik een café-restaurant begonnen. Ik ging er bijna elke keer naar binnen, om op adem te komen. Van daaraf zag je in de verte, tussen de bomen door, de abdij. Haakje sluiten.

Je moest heel goed oppassen bij het afdalen naar het dorp: haarspeldbochten, duizelingwekkende diepten en nergens een vangrail te bekennen (de klootzakken).

Iedereen zou gedacht hebben dat het een ongeluk was, een tragisch ongeval. Zonder opmerkingen over de kwetsbaarheid en de onvolwassenheid van de jeugd van vandaag. En voor mij zou de uitkomst ervan vaststaan.

12

Ik ben van gedachten veranderd door iets wat me ineens te binnen schoot, het soort gedachte dat als hij eenmaal bij je opkomt al een hele tijd met je lijkt te zijn meegereisd, maar dan als een metgezel die je, om wat voor reden ook, eerder niet had opgemerkt.

En dat was: ik wil niet vergeten, ik wil absoluut niet vergeten: noch Haar, noch de vreugde die ik gevoeld heb, die middag van volmaakt geluk. Ik wil het me herinneren. HERINNEREN. Herinneren en nog eens herinneren.

Ik mocht het dan uitschreeuwen van verdriet, maar het idee dat ik het me niet zou kunnen herinneren – kun je me volgen, verdomme? – maakte dat ik me zo mogelijk nog beroerder voelde. Die gedachte was ondraaglijk. Maar in mijn hoofd kon ik die drie uur vasthouden. Zo oneindig vaak herbeleven. En als de enige manier om het me te herinneren leven was, dan zou ik doorleven, tegen elke prijs. Ik zou natuurlijk niet meer naar school kunnen, met mijn vriend omgaan, met Haar omgaan, terug naar huis kunnen: aan alles is een grens. Ik zou wel een andere uitweg vinden.

Zeg maar gerust dat ik raar ben, Federico. Kan mij wat schelen! Maar ben je in staat te begrijpen dat je je op geen enkele manier kunt beschermen tegen verdriet? Je kunt een nieuwe start maken, een nieuw leven beginnen, *the show must go on*. Maar je kunt het verdriet ook trotseren, het recht in de ogen kijken. En dan zien wie zijn ogen als eerste neerslaat.

Nog afgezien van het feit dat er, naast al die idiote (voor mij overigens belangrijke) filosofieën van de koude grond, nog iets anders was: de dood, daar kon ik me geen voorstel-

ling van maken. Ik zag niet voor me hoe Zij me kwam op-
zoeken op een kerkhof, steeds maar weer mijn gezicht zou
zien op het morbide portret op een grafsteen. Maar ik – we
zijn allemaal egoïsten, verdriet is egoïstisch – ik kon me
vooral niet voorstellen dat ik, dood dan wel levend, niet aan
haar zou denken, aan haar gezicht, aan haar lichaam, aan
alles wat in mijn geheugen en in mijn hart stond gegrift.

Ik stapte op de fiets. Eerst zonder een vooropgezet idee;
later met een steeds duidelijker omlijnd plan. Zo duidelijk
omlijnd dat ik er zelf aanvankelijk versteld van stond, want
het was bepaald krankzinnig.

Tegen zonsondergang kwam ik uitgehongerd, bekaf en
smerig aan op de plek waar ik heen wilde. Het was een
prachtige dag geweest, maar vaart minderend rook ik dat er
onmiskenbaar sneeuw in de lucht zat. Er zou die nacht een
pak van een meter vallen, dacht ik bij mezelf.

De laatste kilometers waren zo zwaar dat ik erover dacht
af te stappen en met mijn fiets aan de hand verder te lopen.
Maar het lukte me in het zadel te blijven. Per slot was ik
nog steeds een kampioentje.

Ik heb het gehaald, en ik heb aangebeld.

13

Het ging allemaal heel natuurlijk. We maakten er een gewoonte van, de professor en ik, Federico en ik bedoel ik,
om minstens een paar uur per dag met elkaar te kletsen.

Om onduidelijke redenen begaven we ons nooit samen
buiten de muren van de abdij, ook niet 's zomers. Onze
wandelingen maakten we afzonderlijk van elkaar. Als we
praatten, deden we dat bij voorkeur in mijn cel, of in de
zijne, of in de bibliotheek, of in de kloosterhof. Vooral in
de kloosterhof. Banaal, maar zo is het nu eenmaal. Aan de
andere kant, als jij een dergelijke plek tot je beschikking
had, zou je er ook gewoon heen gaan, zonder je verder af te
vragen of het niet origineler zou zijn om op de trapjes van
de kerk op je hoofd te gaan staan.

We spraken nooit over het verleden. Nooit.

We spraken over de boeken die we lazen. Veel over wetenschap. We waren alle twee ongelooflijk gefascineerd
door nieuwe ontdekkingen, met name die op het gebied
van de microfysica en de astronomie. Het oneindig kleine
en het oneindig grote, de twee *loci* waarin het mysterie van
ons leven en van het heelal schuilgaat.

De ene keer waren het heftige discussies, de andere keer
weinig woorden en lange stiltes. Maar voor ons was ook dat
praten.

Nu ik erover nadenk moeten we er een beetje mal hebben uitgezien. Ik gekleed als jochie, zoals ik was aangekomen. Hij met zijn onwaarschijnlijke pij. Iedereen die ons
zo had kunnen zien, had alles van ons kunnen denken, behalve dat wat we in werkelijkheid waren. Het is maar al te
waar dat de kap niet de monnik maakt...! Schijn bedriegt.

Dat wat we zien, dat wat in onze ogen overduidelijk is, heeft vaak een andere betekenis. Hoe dubbelzinnig of wat voor bron van misverstanden woorden ook mogen zijn, ze zijn heel wat duidelijker dan de zogenaamde, o zo pretentieuze 'feiten'. Feiten bestaan, maar alleen betekenissen tellen. Maar heel weinig mensen realiseren zich dat, en de chaos op de wereld is enorm. Feiten kunnen duizenden verklaringen hebben, op duizenden manieren geïnterpreteerd worden. Elke interpretatie is er één, en niet meer dan dat (als die oprecht is, maar dat spreekt vanzelf).

De oude Federico en ik waren volkomen oprecht. We begrepen elkaar met een half woord.

Ik voelde me gekoesterd door zijn genegenheid. Ik weet niet of het andersom ook zo was. Dat is niet waar. Ik weet het wel. Ja, hij voelde zich ook gekoesterd, en hoe.

14

Toen Federico stierf was ik vijfentwintig. Ik zat inmiddels negen jaar in de abdij. En al die negen jaar waren we onafscheidelijk geweest.

Ik voelde een grote leegte. Dat was nog het minste wat me kon overkomen, dat wist ik maar al te goed. Maar die wetenschap was geen troost. Ik wist ook dat je bij het klimmen der jaren op dit soort dingen voorbereid moest zijn. Maar zo werkt het nu eenmaal niet. Nooit. En dat zijn zeker niet de dingen die je zeggen moet tegen iemand die een geliefd persoon heeft verloren.

Het is gebeurd op een nacht dat het warm was, ook al zaten we op meer dan duizend meter hoogte. Dat heb je soms in de bergen.

Voordat ik mijn kalmte en gemoedsrust hervond, heb ik een paar dagen als een zombie door die immens geworden ruimtes gedwaald. De herinneringen verstikten me. Dan ging ik naar buiten en zwierf lang door het bos.

Ik zag nauwelijks iets, alles was wazig door mijn tranen.

Ook toen was de discretie van de monniken fantastisch. Ik voelde dat ze me begrepen en met me meeleefden. Maar ze lieten me met rust. Ze lieten me mijn verdriet en ik dook erin weg als in een warme trui.

Mijn verdriet heeft me de eerste weken in de abdij opnieuw laten beleven.

Na die eerste nacht van bodemloze slaap, van verdwazing door al het nieuwe om me heen, nadat de ophef in de kranten en op de tv was geluwd, begon ik me verschrikkelijk ellendig te voelen. Ik deed mijn uiterste best, maar vreesde dat ik het hoogstens nog een week zou uithouden. Twee in totaal: helemaal niet mijn hele leven. Helemaal niet voor altijd.

Ik kon niet slapen. Ik deed wel mijn werk maar huilde ook een groot deel van de tijd en begreep niet dat mijn lichaam zoveel tranen kon bevatten.

Na de dood van mijn vriend Federico herinnerde ik me de sneeuw weer, die vreselijk lege stilte. Het beeld van Haar altijd voor ogen. En alle twijfels, de knellende wetenschap dat ik besloten had niemand te laten weten waar ik zat. Ook niet of ik leefde of dood was.

Toen kwamen er een paar zonnige dagen. Heel erg koud, maar helder, met een strakblauwe lucht. Wie weet is dat het wel geweest. De kleur veranderde. Van wit in blauw.

De verandering kwam in mijn ogen, zoals altijd, heel plotseling. Ik was ervan overtuigd dat er een eeuwigheid was verstreken, maar volgens de kalender was het maar een week of vier.

Op een nacht werd ik wakker, ik had nog geen uur geslapen. Dat was niet zo vreemd, sterker nog, dat gebeurde bijna altijd. Vreemd was dat ik me niet slecht voelde. En dat ik voor de eerste keer in ruim een maand een stijve had, zo stijf dat het pijn deed. Ik wilde klaarkomen, en dat was op zichzelf al een wonder. Maar wonder boven wonder had ik ook echt zin om te vrijen. Voor het eerst sinds mijn 'vlucht' lukte het me vol verlangen aan Haar te denken, en niet alleen vol verdriet, nostalgie en vertwijfeling.

Die nacht heb ik met Haar gevreeën. Ik was alleen, maar heb met Haar gevreeën. En wel omdat ik de ongeschonden herinnering had hervonden. Haar gebaren, woorden, de klank van haar stem, de geur van haar adem en haar huid, alles. Zo scherp alsof ze echt naast me lag. En daarna heb ik tot de ochtend doorgeslapen. Ik heb het gebed overgeslagen en ben direct naar de refter gegaan. Dit was een feestdag. Ik zou het niet alleen rédden, maar ik had bovendien de juiste keuze gemaakt, een keuze die juist was voor mij, voor iemand als ik, bedoel ik.

En, wat denk je? Seks had een vaste plaats gekregen in mijn leven en in mijn herinneringsstrategie. Het was geen obsessie – ook al was het niet altijd gemakkelijk – maar een alledaagse werkelijkheid. Aan Haar denken betekende ook met Haar vrijen, elke dag, of meer dan een keer per dag. Alleen, maar altijd met Haar erbij, naast me. Hoe had het ook anders gekund nu ik 'genezen' was?

Als je denkt dat ik gek geworden was – heel goed mogelijk trouwens (en ik zou niet de eerste zijn) – zal ik het anders formuleren: ik trok me enorm vaak af en dacht daarbij aan Haar. Vooral voor het slapengaan. Maar ik had niet het gevoel echt helemaal alleen te zijn. (Waarschijnlijk heb je er nooit over nagedacht, maar je kunt je op ontzettend veel verschillende manieren aftrekken. Verschillend in je hoofd, bedoel ik.) Dat maakte onlosmakelijk deel uit van mijn herinnering. En van een liefde waarvan ik, hoe vreemd dat ook mag klinken, niet wilde dat hij doofde. Sterker nog, een liefde waarvoor ik had besloten verder te leven.

Commentaar?